Ceux qui savent comprendront

Anna Gavalda

Ceux qui savent comprendront

Le Grand Livre du Mois

© Le Dilettante, 2000.
ISBN 2-7028-4060-4

I

Cette semaine, c'est moi qui fais la fermeture.

Je remets un peu d'ordre dans les rayons et je me penche un moment sur l'ordinateur central pour m'assurer que mes commandes sont bien parties. Ensuite, je vérifie que toutes les armoires, les présentoirs, les caisses et les tiroirs sont correctement fermés à clef. C'est ce qui me gave le plus. J'ai l'impression d'être un petit bijoutier tatillon qui rentrerait ses gourmettes et ses chaînes en plaqué sans sourciller, mais Éric, un collègue des Ternes, s'est fait piquer pour plus de quinze mille balles de matos au mois de septembre et je sais qu'il n'est pas au bout du tunnel avec cette histoire.

On ne lui a pas dit qu'il était un voleur, non... On lui a juste dit, mais sur un ton qui l'a découragé, que s'il avait quatorze clefs accrochées après son pantalon, ce n'était pas juste un grigri pour faire du bruit dans les allées.

Il était assez mal, il a une idée très précise sur la destination de la camelote en question mais il ne peut pas trop la ramener. C'est en rapport avec une personne qu'il croise tous les jours devant la machine à café...

– C'est trop casse-gueule pour moi... m'a-t-il avoué en secouant la tête alors que nous bavardions pendant la pause pipi d'une journée de formation sur l'euro.

Il m'a dit aussi que, pour se consoler, il tripotait son trousseau comme un malade à chaque fois qu'il la croisait et que vu la tronche de l'autre, c'était exactement comme s'il lui montrait sa queue au garde-à-vous.
– Au moins, je m'amuse... Tu me diras, c'est pas ça qui va me rendre ma prime de fin d'année, mais je m'amuse...

Donc j'enferme tout.
Ensuite les lumières du magasin s'éteignent. Je prends la porte de service en suivant les couloirs éclairés par les bitoniaux de secours et je cavale à cause de l'alarme.

Dans le vestiaire, j'échange mon gilet vert : « La Fnac, Yann à votre service ! » contre mon blouson râpé qui montre bien que Yann, il n'est plus là pour personne, et après je me retrouve dans la rue de Rennes à allumer ma clope derrière ma main tout en guettant le grand « Vvrraammm » des rideaux de fer qui me dégringolent dans le dos.
C'est comme ça tous les soirs.
Tous les soirs, j'inhale et je me dis : une journée de finie, une journée de gagnée ; ou je me dis : une journée de finie, une journée de foutue.
Ça dépend des jours.
Mais là, en ce moment, j'aurais plutôt envie de penser : une journée de vécue et toute une vie de foutue. Ce n'est pas très original, je sais, mais à ce niveau-là, je n'essaye plus vraiment non plus. Je suis fatigué.

J'ai mal au dos.
J'ai plus mal au dos qu'hier et moins que demain, comme dirait l'autre. En plus, j'ai faim.
Et je sais que mon Frigidaire est vide, que mon appart est vide, que ma tête sonne creux, que je n'ai pas ouvert

les fenêtres depuis quatre jours, que ma chemise pue et que mes cheveux sont sales. Qu'il y aura des factures dans la boîte aux lettres, que c'est mon tour de payer ce mois-ci, que si j'ai un relevé bancaire, je ne l'ouvrirai pas ce soir, que je n'ai pas appelé mes parents depuis une éternité, que ma mère doit inventer tout un tas de salades sur moi quand elle va à son club de vieux pour que j'aie l'air convenable et que mon père hausse souvent les épaules, que j'ai vraiment mal au dos... que personne ne m'attend, que... que Pascale est encore barrée à un congrès de toubibs, que... que voilà, quoi...

Ma vie, quoi.

Pour m'aérer un peu la tête et comme aucune femme ne guette mon retour derrière ses rideaux en allant jeter des coups d'œil inquiets à sa blanquette, je décide de suivre ma ligne de métro à pied.

Pendant toute la rue de Rennes je ne desserre pas les dents. Au départ, ça n'était pas prévu comme ça.

Au départ, j'avais dit : « Six mois le vendeur et six mois la photo. » Oui, c'est ça que j'avais dit et à tout le monde, comme un couillon que j'étais. Que la Fnac c'était pour gagner un peu de thunes mais qu'à la première occasion, je repartirai regarder le monde.

Et j'y croyais.

Encore, si j'avais été le seul à y croire, j'aurais pu essayer de me ricaner au nez parce que des artistes de la pelloche qui finissent vendeurs au rayon photo-vidéo à la Fnac ou chez Darty, c'est pas ça qui manque... Mais là, je n'étais pas le seul : des gens haut perchés m'avaient donné des prix, m'avaient assuré que j'étais un bon en me glissant à l'oreille des adresses de galeries et des noms d'agences.

Et même, pour bien me faire comprendre à quel point

j'étais important, ils m'avaient envoyé à la Villa Médicis pendant un an.

Comme une belle médaille.

Regarde-toi dans la glace, t'es un artiste, mon gars.

Dans la rue Bonaparte, je jette quand même un coup d'œil aux galeries d'art et une fois encore, je me demande comment on peut vendre et acheter des merdes pareilles.

Et le vrai artiste, ce con, il y a cru. Pendant presque un an il a photographié en noir et blanc le lichen et la mousse qui couvraient toutes les statues de la Villa Médicis.

Le lichen et la mousse uniquement.

Il trouvait ça joli, l'artiste.

Il s'est appliqué, il a passé des nuits et des nuits à développer tout ça sur du beau papier.

Que du beau. Du beau à voir. Du beau au toucher.

Gros grain pour le lichen, grain doux pour la mousse. Des heures à étudier les contrastes, à travailler le cadre et à domestiquer certains détails. Et voir surgir quelque chose. Un travail de dément.

Et puis, quand il est rentré à Paris, les galeries avaient fermé et les agences ne répondaient pas.

On m'a dit que c'était beau, ça oui... Mais comment dire... Est-ce que ça n'était pas un peu trop beau ?

Un an de boulot foutu en l'air dans ce petit rictus.

Des milliers d'heures de travail que des mecs saccagent en soulevant bizarrement leur sourcil gauche : « Est-ce que ça n'était pas un peu trop beau ? »

Je m'énervais : « Mais quoi ? Vous vouliez que je prenne le Vatican ? C'est les fresques de la chapelle Sixtine que vous vouliez ? À quoi vous vous attendiez, bon sang ! Que je shoote les touristes en train de jeter leurs pièces jaunes dans la fontaine de Trevi ? Ou les supporters de la Lazio ? Mais qu'est-ce que vous attendiez de moi au juste ? »

Ce que je n'avais pas compris, c'est qu'ils n'attendaient rien de moi au juste. Absolument rien.

Les dés étaient pipés parce que ça revenait à peu près à me dire : « T'es un pur artiste et tu dois nous croire, mon gars, mais surtout, toi, n'y crois pas. »

Le seul qui aurait pu m'aider à ce moment-là, la grosse pointure à Paris pour tout ce qui concernait l'Italie, l'art, le roman, le baroque, la photo et tout ça, le gars incontournable, le gars raffiné et puissant, ça n'a pas marché.

Je pense que ça aurait marché si j'avais été homosexuel.

En longeant le quai Malaquais, je ressasse encore. Les autobus me crachent leur merde de gasoil dans la figure. On voit de gros nuages noirs derrière leurs pots d'échappement.

Je me demande vraiment si on ne peut pas éviter ça et je ressasse encore.

« Six mois le vendeur et six mois la photo... » C'est la meilleure de l'année, celle-là ! Et quand je vous dis que c'est la meilleure, vous pouvez me croire : c'est un mec qui travaille à la Fnac de la rue de Rennes depuis cinq ans qui vous parle !

En posant le pied sur le pont du Carrousel, ça va déjà un peu mieux. J'ai le trottoir pour moi tout seul, il n'y a pas une seule merde de chien à l'horizon et en fermant les yeux, on pourrait presque croire que ça sent la mer. La Seine est marronnasse et dégueulasse mais elle bouillonne par endroits pour montrer qu'elle est toujours vivante. Quelques mouettes se poursuivent en gueulant.

Je m'appuie lourdement sur le rebord pour les observer.

J'aime bien les mouettes. Si je dois être réincarné en quelque chose, je choisis mouette : le port, les copines, les mâts des bateaux, le clic-clic métallique des haubans qu'on entend le long des pontons.

« Hé ! les filles, y a la *Marie-Galante* qui rentre, on y va ? » « Ouais, ouais, on y va. Y aura sûrement plein de déchets à becqueter... »

Les vieux gréements, les promeneurs qui laissent tomber des miettes de Traou Mad sur le chemin des douaniers, les seins nus sur les plages, les départs des grandes Transatlantiques et puis, au moment de Noël, une petite virée à Paris en remontant la Seine...

« Hé ! les filles, on va voir les vitrines des grands magasins, ça vous dit ? » « Ouais, ouais, ça nous dit. »

Ce serait bien, mouette.

Enfin, j'ai l'impression de débrayer. Enfin.

Mes mâchoires me font tellement mal que j'ouvre la bouche pour mâcher de l'air, je laisse tomber mes épaules et j'entends mon dos qui craque de partout. J'enlève mes gants pour toucher la rambarde : tant d'amoureux, tant de touristes se sont penchés là avant moi... La pierre est toute douce.

Enfin, je me frotte le visage.

En regardant le vol des mouettes, je repense au *Belem*, toutes ces fois où j'ai rêvé quand il était encore amarré là-bas, et puis je pense aux *Passagers du vent*.

Je me dis : voilà ce que je vais faire ce soir.

Commander une pizza Royale chez Riccardo, la monter toute chaude chez moi, déboucher un petit rosé de Touraine, m'allonger sur mon canapé avec trois coussins et relire les cinq tomes des *Passagers du vent* d'une traite... Le bonheur.

Belle Isa me voilà. Hoël mon ami, tu sais, je l'aime aussi. Négriers, bande de salauds, ne partez pas sans moi.

Déjà je marche plus vite. Je descends dans la première station de métro que je croise.

À Châtelet, je suis coincé debout entre la barre centrale et une femme très laide, je vacille quand la rame démarre mais je me sens mieux.

C'est ça l'avantage quand on est plus à l'aise dans les livres que dans sa propre vie : on est souvent malheureux, c'est vrai, mais il n'en faut pas beaucoup non plus pour être heureux.

Et quand je dis heureux, je sais de quoi je parle : une pizza Royale bien épaisse avec les fils du fromage qui s'étirent, quelques olives noires grasses et fondantes sous la dent, un verre de bourgueil très frais, la bouteille à portée de main et les dessins de Bourgeon.

Oh là là.

II

Pour simplifier le problème de la boîte aux lettres, je suis passé devant sans l'ouvrir.

Sans même lui jeter un coup d'œil pour voir si un truc dépassait.

Arrivé chez moi, j'ai ouvert en grand toutes les fenêtres pour faire un courant d'air et toutes les fenêtres ont claqué.

J'ai écouté mon répondeur :

« ... Bip... Allô, Yann, c'est maman mon chéri... Tu sais, cette dame un peu âgée qui te talquait les fesses quand tu étais petit ? Yann, tu t'en souviens : une dame charmante avec des cheveux blancs et des lunettes de presbyte... Si tu t'en souviens, appelle-moi parce que ton père et moi on part après-demain pour les Açores avec le groupe... Et tu vois... je me disais que si l'avion avait un problème, tu aurais été bien content de m'avoir parlé une dernière fois. Tu vois comme je pense à tout...

Je t'embrasse ainsi que Pascale. Hein ?... Ah oui, ton père t'embrasse aussi... D'ailleurs tu ferais bien de venir le voir un de ces jours parce qu'il vieillit mal, ton papa... Jean, laisse-moi, je dis ce que je veux... Bon, à bientôt mon grand. »

« ... Bip... C'est moi. T'es pas encore rentré ? Comment ça se fait ? Il est plus de neuf heures ! T'es encore au bistrot avec tes collègues ? Nan je plaisante. Yann t'es là ? Tu décroches ?... Bon ben... tant pis... J'appelais juste pour te dire de ne pas attendre mon coup de fil ce soir parce que je vais à la petite soirée que Rhône-Poulenc organise pour mon boss... Lyon by night et tout le bazar... Tu parles si ça m'emmerde surtout que je sais pas ce que j'ai chopé mais j'ai un de ces mal au crâne, j'en suis déjà à mon troisième Doliprane. Je te dis pas ma tête demain... En plus le boulot c'est galère parce que Sylvie qui devait animer les réunions avec moi s'est fait mettre en arrêt maladie pour une raison que tout le monde ignore évidemment... Enfin... Je ne supporte pas ma chambre d'hôtel, la vue est merdique et le robinet de la salle de bains fuit... Le goutte-à-goutte la nuit, je te dis pas comme c'est crispant, surtout quand t'as mal au crâne. C'est pas la première fois qu'ils nous prennent des chambres au rabais et il va encore falloir que je gueule. Oh je suis vraiment crevée... Et toi, ça va ? Bon, il faut que je te laisse parce que je dois me sécher les cheveux, allez bisou, je t'aime. Je te rappelle demain. Salut. »

– Moi, ça va, j'ai répondu à la machine.

« ... Bip... Allôôô... Coucou, c'est ta sœur préférée... Hé, on est jeudi soir... dans les... je sais pas quelle heure... vers neuf heures et demie je crois... Est-ce que tu peux me rappeler, j'ai un truc hyper important à te dire. Tu me rappelles, hein ? Je bouge pas de la soirée. Ils repassent Les Quatre Filles du Dr March *sur la Une ! J'ai ma boîte de Kleenex à côté de moi et mon téléphone sur le ventre, alors tu vois, je suis parée !... Allez, à tout l'heure. »

Quand ma sœur Laurence a un truc hyper important à me dire, il faut traduire : un truc hyper important à me demander.

« ... Bip... Mon Yann, c'est encore maman, ton père me fait toute une comédie parce que je t'ai dit qu'il vieillissait mal alors j'enlève ce que j'ai dit... Vous m'entendez, tous les deux ? Bon, alors je rectifie : JEAN MEYRUET VIEILLIT TRÈS BIEN, C'EST UN SENIOR CHARMANT ET PLEIN D'ATTENTIONS, VOILÀ... Allez, je t'embrasse encore et ne te fais pas de bile, on forme ce que les gens autour de nous appellent un beau couple... »

J'aime bien ma mère. C'est grâce à elle si Laurence et moi, vaseux et merdouilleux comme on est, on pense que cinq B. D. ou un film cucul la praline peuvent illuminer une soirée avec grâce et magnificence.

Parce qu'elle aussi, elle est comme ça.

– C'est Yann...
– Ah ! Sympa.
– Tu veux que je te rappelle à la fin du film ?
– Nan nan t'inquiète, j'ai déjà bien assez pleuré comme ça !... En plus, je sais comment ça se finit.
– Ça se finit bien ?
– Comme si tu le savais pas, patate !
– Bon, qu'est-ce que tu voulais me demander ?
– Pourquoi j'aurais quelque chose à te demander ?
– L'expérience...
– T'es vraiment nul...
– Oooh mais si je me suis trompé, dis-le moi tout de suite, ma chère. Alors ? Qu'est-ce que tu as de si important à me dire ?
– Nan, ce serait plutôt à te demander en fait...
– Nous y voilà.
– Mais arrête de me torturer mentalement comme ça ! Tu vois pas que je suis en situation d'infériorité, là ?
– Eh, arrête ton char cocotte... T'as un problème avec

ton ordinateur ? ton fax ? ton Caméscope ? la messagerie de ton portable ? Tu crois encore que c'est plus simple de m'appeler plutôt que de lire les modes d'emploi ? Je t'écoute mais fais vite parce que j'ai toujours pas mangé et j'ai la dalle.

— T'as qu'à t'en griller une pour patienter... Ah... c'est vrai qu'on n'a pas le droit de fumer chez toi. Zone non-fumeurs. Y compris sur le balcon. C'est vrai.

— ...

— Désolée. C'est pas ce que je voulais dire...

— T'es trop cynique.

— Désolée Yann...

— C'est pas grave. Alors qu'est-ce que tu veux ?

— Pistache.

— Quoi pistache ?

— Pistache mon chat.

— Oui et alors ?

— J'aurais besoin que tu me le gardes quelques...

— Attends Laurence, je t'arrête tout de suite. Tu me demandes tout ce que tu veux mais le chat c'est impossible.

— Juste pour deux ou trois jours ! Après je me suis arrangée avec une copine qui viendra le prendre chez toi. T'as qu'à l'enfermer dans une pièce...

— Je te dis que ce n'est pas possible, tu comprends ? *It-is-not-po-ssi-ble*.

— Attends, Yann... Je ne te demande rien d'autre. Franchement, merde !... Est-ce que je t'ai demandé des trucs ces derniers temps ?

— Laurence, ce n'est pas le problème. Le problème c'est ton chat. Et ton chat chez moi, c'est *niet*. Et tu sais très bien pourquoi...

— C'est encore à cause de Pascale ?

— Pourquoi tu dis « encore à cause de Pascale » ? Ça

veut dire quoi « encore » ? Tu sais très bien qu'elle est allergique, c'est pas de sa faute, quand même !

— Gueule pas comme ça. Je dis « encore » quand j'entends le nom de Pascale parce que c'est ce que je ressens, c'est tout... Elle est allergique à tout, cette nana. Elle est allergique aux poils de chien, aux poils de chat, à la poussière, aux oreillers de maman, à la moquette de mon appart, aux gosses qui parlent trop fort, aux gosses qui pleurent, aux gens qui pensent pas comme elle, à ceux qui font du roller dans la rue, à l'huile d'olive, aux tissus synthétiques, à la fumée de cigarette, à l'odeur de l'eau de Javel, à... aux... à je ne sais pas trop quoi encore mais il en manque, c'est sûr.

— Ne sois pas comme ça, Laurence. Tu n'as aucune raison de devenir méchante.

— Mais je ne suis pas méchante ! Je constate ! Écoute, elle est toujours en train de nous faire braire pour un oui ou pour un non. T'as pas remarqué que tu ne vois plus personne depuis que t'es avec elle ?... Que tous tes potes se sont barrés parce qu'ils en ont marre de l'entendre raconter ce qu'elle supporte et ce qu'elle ne supporte pas à longueur de soirée comme si c'était la chose la plus importante du monde alors que tout le monde s'en fout ? Depuis que t'es avec elle, on dirait qu'elle t'a lobotomisé... Tu ne fais plus de photos, tu ne te marres plus, est-ce que tu la baises au moins ? Tu es toujours derrière elle à sourire comme un niais avec ton verre à la main, façon de dire : « Excusez-la hein, si vous la connaissiez comme je la connais, vous l'aimeriez mieux, mais surtout excusez-la pour toutes ces conneries qu'elle est en train de vous débiter ce soir. » Sois honnête, merde !

— ...

— Écoute. J'avais pas l'intention de vider mon sac ce soir, mais maintenant que nous y sommes, je suis soulagée.

– C'est pas un sac que tu vides, c'est un seau de merde.
– Oh ! Yann, je t'en prie.
– En fait, si je comprends bien, tu es soulagée de me déverser un seau plein de merde sur la tête, c'est ça ?
– Yann, je...
– Quoi que tu en penses et même si ça t'emmerde, j'aime Pascale et je te trouve vraiment dégueulasse. Tout ça parce que je ne peux pas garder ton chat... Et je ne peux pas le garder pour la bonne raison que la femme que j'aime et avec laquelle je vis est physiologiquement incapable de côtoyer un chat ou un chien sans éternuer, moucher, enfler et pleurer comme une Madeleine. Alors écoute-moi, Laurence. Si elle joue la comédie eh bien je peux te dire que ses crises sont rudement bien imitées. Pour le reste, je te remercie infiniment de m'avoir confié ce que tu avais sur le cœur et maintenant que je connais ton opinion, je saurai à quoi m'en tenir. Au revoir.
– Attends, mais on s'en fout, du chat, c'est pas le prob...
– *Tuuut...*

Tiens, je vais m'en griller une quand même, moi.
De toute façon, l'odeur sera partie d'ici le retour de Pascale.

Ma sœur m'emmerde.
Je déteste me fâcher avec qui que ce soit.
Mais surtout avec elle.
Je n'ai même plus faim, avec tout ça.
Pourquoi je n'ai plus faim ?
J'avais tellement faim.
Est-ce que j'ai encore envie de lire des bandes dessinées ?

Non.

De toute façon je les connais par cœur.

Je les ai déjà lues au moins quatre fois.

Sans compter les fois où je regarde juste quelques vignettes pour me rincer l'œil.

À la fin du premier tome, quand Isa joue avec sa mèche de cheveux pour voir sourire son amoureux jaloux.

J'adore ce passage.

Bon ben... Où j'en suis maintenant ?

J'ouvre quand même une bouteille ?

Non.

Une bière suffira.

Et si elle essaye de me rappeler ?

Pour s'excuser.

Je ne décroche pas.

Je l'emmerde.

De quel droit elle juge tout le monde comme ça ?

Elle n'a jamais pu blairer Pascale.

Parce qu'elle n'est pas aussi brillante qu'elle.

Pascale a fait plus de dix ans de médecine.

Ma sœur deux ans d'anglais, à la fac.

Alors évidemment...

On peut lui reprocher des trucs, à Pascale, mais au moins elle est courageuse.

Elle mène sa barque sans jamais rien demander à personne.

Elle, quand elle a un problème, elle commence d'abord par lire le mode d'emploi avant d'aller emmerder Pierre, Paul ou Jacques...

Elle confond tout, Laurence.

Elle pense que si tu n'es pas capable de fumer un joint sans tousser c'est que tu ne comprends rien à la vraie vie.

Qu'est-ce que c'est, la vraie vie, d'abord ?

Se coucher tard ? Se lever tard ? Galérer d'une boîte d'intérim à l'autre ?

Parler de cul crûment ? Dire à plusieurs personnes en même temps qu'on les aime ?

Leur faire croire ça ?

Juger les autres ?

Elle ne lui a jamais rien fait, Pascale.

C'est peut-être ça le problème.

Peut-être qu'elles devraient apprendre à se connaître un jour ?

Peut-être.

Mais elles ont toutes les deux un tel caractère...

Ça ne marchera jamais.

Tu mets deux mules dans le même boxe, ça botte.

C'est forcé.

C'est dommage.

Ah là là... Que c'est compliqué, tout ça. Je me frotte la tête, le front, les yeux, les joues et la nuque pendant un bon moment. En courbant l'échine.

Que c'est compliqué.

Au point où j'en suis je vais descendre chercher le courrier. Je n'en suis plus à une contrariété près maintenant. Où sont les clefs ?

Allez, tiens, si mon découvert ne dépasse pas les trois mille balles, je m'ouvre une bouteille quand même.

III

Au moment exact où j'allais enfoncer ma clef dans la boîte de Pandore, j'ai entendu un grognement dans l'escalier de la cave.

C'était mon voisin de palier qui se battait avec un gros meuble genre breton.

– Vous voulez de l'aide ? je lui demande en lui tenant la porte.

Il a levé les yeux et m'a reconnu dans un grand sourire.

– Alors là, ça serait pas de refus, parce que là, j'en chie. Ma femme qui me demande à dix heures du soir de remonter la commode de famille de la cave, c'est vraiment le bonheur... En plus cette putain de commode, elle se barre en dix tiroirs et pèse au moins trois tonnes ! Encore un plan de ma belle-mère, ça, le meuble moche mais en chêne véritable qui prenait trop de place dans son garage et qu'elle nous refile en nous laissant croire que ça lui coûte... Oh putain, je te jure...

– Attendez, je vais passer derrière et à deux, ça va aller tout seul.

– C'est ça...

– Dis donc, c'est vrai que c'est lourd...

– Un peu mon neveu.

– Et vous l'avez remonté de la cave jusque-là, tout seul ?

– Ouais.
– Comment vous avez fait ?
– J'ai pensé à ma belle-mère... me répond-il en se marrant.

C'est peu dire qu'on en a bavé. Surtout que les marches de l'escalier sont toutes dépareillées, une fois en creux, une fois en bosse, une fois en creux et en bosse. Et bien cirées par-dessus le marché.
Cinq étages. Bon. On a pu s'échanger nos gros mots. Subtil florilège.
– Mille wagons de pines ! On a esquinté le mur !
– Bordel de cul à chiottes, si ça continue on aura bientôt tout l'immeuble à dos... Et le roquet du troisième qui n'arrête pas de gueuler !...
– Merdiquoume de saucisson à pattes, je vais te le foutre aux vide-ordures, moi, ça va pas tarder...
– Le problème avec les bonnes femmes c'est que lorsqu'elles ont décidé un truc, il faut s'exécuter dans la minute... Comme si ça ne pouvait pas attendre, cette histoire de commode ! Vous n'avez pas remarqué ça, vous ?
– Quoi ?
– Avec les bonnes femmes...
– Si, si... Attention, vous allez vous coincer les doigts.
– ... Merci. Bien sûr que ça pouvait attendre, ça pouvait au moins attendre que j'aie bouffé, merde... Bon, on n'a plus qu'à aller chercher les tiroirs maintenant.

Arrivés devant sa porte, on a soufflé un peu avant de faire notre apparition héroïque. Mon voisin a cherché ses clefs dans la poche arrière de son jean et j'en ai profité pour me refaire une petite beauté en passant mes doigts moites dans mes cheveux. Il faut dire que la femme du voisin, que je croise presque tous les matins quand elle emmène son gamin à l'école, est bien. Disons belle.

Quand je la vois, elle est encore un peu chiffonnée.

Elle n'est pas maquillée, ses cheveux tiennent dans une espèce de grosse pince à linge bleue et elle est pieds nus dans ses ballerines mais elle est... belle.

Elle me sourit toujours à peine et pousse son petit devant elle. Je m'écarte pour les laisser passer et après je descends lentement les escaliers dans son sillage : je respire une odeur de lait, de sommeil et d'eau de toilette qui m'émeut vachement.

Mon voisin se retourne et me dit :
– Après tout ça, on peut se tutoyer, non ?
– T'as raison ! je lui dis sur le ton du gars qui a fait le Raid Gauloise sur les mains.
– Je m'appelle Pierre.
– Yann.
– Tu prends une bière ?
– Avec plaisir, mille wagons de pines !

Finalement, avant qu'il ne sorte son trousseau, la porte s'est ouverte sur le visage de ma voisine. Leur petit bonhomme se tenait dans ses jambes et on entendait une petite voix pointue qui disait :
– Bravo papa ! Maman... Papa l'a fait tout le boulot... Bravo papa.
– Pousse-toi, mon gros, pousse-toi, tu es dans le passage, attends... Oh non ! Papa n'a pas fait le boulot tout seul. Regarde, le monsieur qui est avec moi, c'est Yann.
– C'est Yann ?
– Oui, c'est Yann. Mais pousse-toi je te dis, tu vas te faire écraser.
– Noooooooon ! Je veux pas me faire écraser !
– Alors pousse-toi.

Comme je ne pouvais pas lui serrer la main, j'ai incliné la tête pour saluer ma voisine. Elle m'a remercié.

– Mon amour, est-ce qu'il y a des bières au moins ?
– Évidemment, tu penses bien que je ne t'aurais pas demandé ce genre d'exploit sans avoir fait le plein...
– Tu es formidable, il lui dit en grimaçant.
– Je sais, répond-elle.
On a été récompensé parce qu'elle était vraiment contente. Elle avait déjà prévu la place de l'engin, balayé, poussé le tapis et tout et tout. Et je pense qu'à ce moment-là, elle savait exactement le contenu de chaque tiroir.
Comme on le disait tout à l'heure, les bonnes femmes...

Ensuite on s'est effondré, moi dans le canapé et lui dans un gros fauteuil club déglingué. On a cogné nos bières l'une contre l'autre et on les a savourées à leur juste et immense valeur.

– Tu t'appelles Yann ? me demande le bébé.
– Oui.
– Parquoi ?
– Hein ?
– Parquoi tu t'appelles Yann ?
J'ai pas trop l'habitude des gosses, moi. Les rares que je connais, ils sont déjà couchés quand j'arrive chez leurs parents... Alors, là, j'étais en pleine improvisation.
– Pourquoi je m'appelle Yann ?
– Voui.
– Ben... parce que ma maman trouvait ça beau je pense...
– Parquoi elle trouvait ça beau ta maman ?
Bon, je suis bien, là...

– Ben je sais pas.
– Et ton papa ? Y trouvait ça beau aussi, ton papa ?

Comme je lançais un coup d'œil désespéré à mon voisin, la sentence est tombée :

– Pourquoi tu n'es pas couché à cette heure-là, toi ?
– Passe que ze veux pas me cousser.

Plus fort, en direction de la cuisine :

– Nina !
– Oui.
– Pourquoi le petit n'est pas au lit ?
– Oh Pierre, ça va... Comment tu veux qu'il aille se coucher, avec son père qui joue au Superman dans l'escalier en disant plus de gros mots que toute la cour de récréation réunie !

– Hé bébé, il n'a pas dit de gros mots papa ?!
– Siiiiiiiiiiiiiiiiii !
– Qu'est-ce qu'il a dit ?
– Mède mède mède.
– Oh ! le vilain ! Tu lui donnes une fessée ?
– Non.
– Pourquoi ?
– Passe que ze peux pas tousser tes fesses.
– Pourquoi ?
– Passe que tu les casses dans le fauteuil.
– Je les casse ?
– Nan ! Tu les casses !
– Ah ! Je les cache !
– Voui.
– Ha, ha, brigand, va !... Allez, on va se coucher maintenant.
– Mais tu me lis une histoire.
– D'accord. Va chercher un livre.

Vers moi :
- T'as pas de gosses, toi ?
- Non.
- Veinard.
- C'est si terrible que ça ?
- Oui. Non. C'est un drôle de truc quand même...
- Comment il s'appelle ?
- Mon môme ?
- Oui.
- Dimitri.
- Il a quel âge ?
- Trois ans.
- C'est pas si terrible, alors ?
- Écoute... En anglais, y a deux mots : *terrible* et *terrific*. Je te laisse choisir celui que tu veux... Hé, mais ça ne va pas ? T'as quelque chose ?
- Non non, c'est juste mon dos qui me fait des misères...

J'avais l'impression qu'on me coulait lentement du béton armé dans les reins, ou plutôt du plomb.
- Oh désolé, si j'avais su, je ne t'aurais jamais demandé de m'aider.
- Tu m'as pas demandé, c'est moi qui te l'ai proposé.
- Ben t'es pas très malin...
- Je sais.

Et on est retourné à nos bières.

De la cuisine, Nina a crié :
- Yann ? Vous restez dîner ?
- Je ne vais pas vous déranger, j'ai répondu, en essayant mollement de me lever...

Pierre a posé sa bouteille sur mon genou.
- Arrête. Tu ne nous déranges pas. Reste.

Nina est revenue vers nous avec un verre de vin blanc à

la main. Elle s'est assise sur l'accoudoir près de son mari.
– Il est si tard. Nous sommes complètement décalés. Votre amie est là ? Allez la chercher. Ce soir, c'est gratin de macaronis. Ce n'est pas très raffiné, mais il y a de quoi nourrir tout l'immeuble, vous savez...
– Non non merci, c'est très gentil mais je suis seul... enfin, je veux dire, elle n'est pas là ce soir... Elle est en déplacement... pour son travail.
– Eh bien, comme ça, la question ne se pose même pas, tu restes. Tu verras, les macaronis de Nina, c'est quelque chose !... Dimitri, tu me le ramènes, ce livre ?

Ma voisine me souriait, j'avais envie de la photographier. Son chignon un peu lâche, sa peau mate, ses yeux rieurs et ses boucles d'oreilles qui bougeaient en lui pailletant l'intérieur du cou. Des boucles qui tombaient comme des gouttes d'eau.
– J'aime beaucoup vos boucles d'oreilles.
– Merci. Vous savez comment on les appelle ?
– Non.
– Des dormeuses...
Ma voisine me souriait et j'avais envie de la prendre en photo mais pas parce qu'elle était belle, non, parce qu'elle était vivante.
Je me disais : est-ce que tu arriverais à attraper et à garder toutes ces choses vivantes sur du papier ? Je pensais à certains portraits de Richard Avedon. Parce que tout est là, pour moi, c'est déjà rare de rencontrer des gens vivants qui le soient vraiment, mais en plus, pouvoir extraire de leur regard et de leur peau et de leurs gestes cette grâce qui les rend si beaux... Je crois que c'est la seule chose qui m'intéresse.
Si je prends la vendeuse de la boulangerie de la rue de Dunkerque, par exemple, on ne peut vraiment pas dire

que ce soit un canon, vraiment pas... Et pourtant, il ne se passe pas un jour sans que je me dise, en la voyant me tendre ma monnaie : « Que cette fille est belle... » ou plutôt « Quelle belle photo ça donnerait... » Je prends mes pièces et ma baguette et je m'en vais.

Mais je n'ai pas dit mon dernier mot...
Un jour, je lui demanderai :
– Je peux vous prendre en photo ?

Et elle, elle minaudera en croyant que je suis un dragueur qui la mate tous les soirs et qui aimerait bien se servir alors que c'est tout le contraire, tout ce que j'espère c'est lui rendre quelque chose. Rendre aux gens vivants ce qui leur appartient.

– Que fait-elle ?
– Pardon ?
– Votre amie, que fait-elle ?
– Ah, excusez-moi... Elle est dermatologue, mais elle travaille pour un laboratoire alors elle se déplace beaucoup...
– Ah très bien. Je la croise quelquefois à la piscine le samedi matin...
– Ah ?
– Oh rapidement, parce qu'elle est plus matinale que moi !
– Vous venez d'où ?
– D'où je viens ?!... Vous voulez dire de quel pays ?
– Oui.
– Oh, je suis née à Paris mais ma mère est russe.
– Je m'en doutais.
– Que ma mère était russe ?
– Non, que vous n'étiez pas complètement d'ici.
– Pourquoi vous dites ça ?
– Oh comme ça... En fait, je regarde beaucoup les

gens, vous savez, je travaille à la Fnac, on voit beaucoup de monde là-bas, et puis je m'intéresse un peu à la photo alors forcément, j'observe... Et vous, je savais que vous aviez du sang slave ou quelque chose comme ça dans les veines...

Pierre revenait avec une coupelle d'olives piquantes dans une main et un livre dans l'autre : *La Grosse Bête de monsieur Racine.*
– Dimitri ! L'histoire, c'est maintenant ou jamais !... Mais... Il ne va pas à la garderie, demain ? Il va être naze...
– Je commence tard demain. Je l'emmènerai juste avant le déjeuner. Mais, mon Dieu, quel père attentif ! ironisa-t-elle.
Il haussait les épaules
– Facile. Hé ! Didi ! Je t'attends...

Il a fini par arriver en traînant après lui un magnétophone multicolore de chez Fisher Price.
– Maman ze veux la cassette.
– Oh noooonmmmmn ! Pas encore l'histoire de madame Casse-Couilles ! a gémi son père.
– Pierre, ne parle pas comme ça, s'il te plaît !
Elle avait l'air vraiment fâché.
– On voit bien que ce n'est pas toi qui te cognes tous les matins les gros yeux des dames de la crèche... Je crois que ton gamin en sait plus qu'elles en grossièretés et en argot.
– Aaah ! c'est bien mon fils !...
– Pierre !
– Pardon mon amour...
Elle secoue la tête.
– Mon Didi, apporte la cassette de madame Carabouille à papa...

– C'est *Madame Carabouille au pays des lutins,* reprend le môme en lui tendant son bazar.
– Je sais, je sais... Et en se retournant vers sa femme : et non pas *au pays des putains,* glisse-t-il dans un sourire bêta.

Du haut de son accoudoir, elle lui donne un coup de poing sur la tête.
– Aïe !

Mais le monstre change d'avis et s'approche de moi. Il veut me montrer sa merveille.

Alors évidemment, je m'émerveille.
– Oh qu'il est beau ton magnéto !... Mais il y a des piles là-dedans ?
– Voui, douze.
– Douze ?!
– Voui, douze, neuf, quatorze piles...
– Ah...
– Et z'ai même un micro.
– Un micrrooooooo ? dis-je éberlué (je commence à bien savoir m'y prendre avec les gamins...).
– Voui.
– Je peux l'essayer ?

Il hoche gravement la tête.

Et je souffle dans le petit machin vert fluo, je monte le son, je postillonne, je crachote, je bégaye. Il rit.

Je fais le crapaud. Le crapaud qui ronfle, le crapaud amoureux, le crapaud amoureux qui bégaye, le crapaud amoureux qui zozote. Il rit encore plus fort.

Et maintenant... le crapaud amoureux qui ronfle, qui pète, qui bégaye et qui zozote en même temps, rien ne m'arrête. Il rit toujours et on peut voir mille petites étoiles dans ses yeux.

Tout d'un coup, je me sens vachement fort, moi, et je suis même prêt à en remettre une couche : par exemple, le crapaud amoureux qui zozote et qui veut chanter une chanson de Luis Mariano a capella... Mais sa maman n'a pas l'air aussi convaincu, elle finit par le soulever de terre et l'emporte vers sa chambre.
– Allez mon cœur, dodo maintenant.

Des cris déchirants ont traversé la pièce en nous vrillant les tympans. Que de plaintes et de gémissements. Jamais je n'aurais pu imaginer que c'était si horrible pour un gosse d'aller se coucher. Moi qui donnerais mon royaume pour un petit somme...
Comment peut-on refuser d'aller au lit ? Mystère.
– Il est toujours comme ça ? demandai-je à son géniteur.
– Oui, toujours. Mais quelquefois il monte le son... Bon, ne bouge pas, je vais mettre le couvert...
– Attends, je vais t'aider.
– Pas question. Toi, tu profites. Tu as ton compte.

Mon hôte a débarrassé la table basse pendant que je jetais un coup d'œil à leur bibliothèque. Je regardais les titres des livres et les noms des écrivains. Je regardais les cadres biscornus et les photos à l'intérieur. On reconnaissait Dimitri évidemment, à la clinique, tout fripé, dans les bras d'une très vieille dame, sur les épaules de son père ou au volant d'un petit camion de pompier. Des photos de Nina aussi, beaucoup plus jeune, avec les cheveux coupés court, en cotte de peintre, tenant fièrement un rouleau dégoulinant ou en maillot de bain, en train de lire un gros pavé, l'air absorbé et le front plissé. Une photo de Pierre, hilare, en noir et blanc, une bouteille de pinard à la main. Il y avait aussi des dessins d'enfants avec leur nom et leur âge. Camille six ans, Louise trois ans et demi et d'autres encore, des sanguines, des petites esquisses au crayon à papier, beaucoup représentant des animaux, des chiens, des chats et même des poules, des mains de bébé aussi, toute une série de mains de bébé punaisées n'importe comment sur les montants des étagères... Des petites boîtes de tous les pays, des jeux en bois, des espèces d'amulettes recouvertes de poussière, un bouquet de violettes séchées, des épingles à chapeau et des peignes anciens, des noix, des bougies, et puis une boulette de pâte à modeler jaune, un calot ou un Playmobil manchot.

J'aurais pu rester des heures à contempler tout ce bric-à-brac familial. J'enregistrais tant de détails. Il y avait là tant de matière à rêver. Tant de souvenirs. Tous ces livres, tous ces disques, tous ces magazines et ces bouts de papiers multicolores sur lesquels on pouvait lire des « Rachète du café et des rouleaux de P. Q. », des « Je t'aime » ou des « Je retourne chez ma mère ». J'étais comme hypnotisé par tout ce fatras, cette émouvante pagaille.

– On passe à table ?
– Parfait, dis-je en me frottant les mains.
– Tu aimes les épices, au moins ?
– Oui, oui... Pas de problème.
– Non parce qu'avec Nina... je me méfie. S'il n'y a pas dix épices par plat, elle trouve que c'est de la nourriture pour petits vieux... Alors je préfère te prévenir...

Je hochai la tête en souriant, pour moi, pas de problème. Est-ce que c'était à cause du mélange bière-vin blanc ou grâce aux anti-inflammatoires que Nina m'avait donnés pour mon dos... En tout cas je ne m'étais jamais senti aussi bien depuis longtemps. Un bienheureux écroulé au fond d'un canapé. Un sourire niais accroché au visage.

Pierre a mis un disque de jazz, un morceau que je n'avais jamais entendu avec le tchut-tchut régulier des balais sur les caisses claires... Parfait.

On était installés autour d'une grosse malle. Une nappe orange avec des petits machins brodés dessus la recouvrait complètement. Nina m'a donné une vraie serviette en tissu bien épais et un verre à pied. J'ai coupé le pain en grosses tranches en mettant des miettes partout et Pierre nous a servi à chacun une énorme ration de gratin de nouilles.

Concentrés sur nos appétits et nos macaronis fondants, nous mangions en silence. Juste la musique et le bruit de nos fourchettes.

Et puis soudain :
– Maman !!!!!
Nina a levé les yeux au ciel, on voyait bien qu'elle était fatiguée et qu'elle n'avait pas du tout envie de se lever. Pierre a dit :
– Tu veux que j'y aille ?
– Non, j'y vais parce qu'avec toi, ça finit toujours par dégénérer en bagarre et tu vas encore l'énerver.
Il était outré qu'elle lui dise ça mais il ne trouvait pas les mots pour lui répondre.
– Maman ! Ze veux mon bibidokipike.
– Qu'est-ce qu'il dit ?
– Il veut un biberon d'eau gazeuse.
– Mais je viens de lui donner à boire juste avant que tu ne l'emmènes...
– Ah... parce que tu crois qu'il a soif, toi ?
– Il a pas soif ?
– Bien sûr que non. C'est une ruse pour nous garder un peu plus longtemps...
– Ben, on n'a qu'à l'ignorer, non... ?

Je n'en perdais pas une miette. Quelle soirée instructive ! J'allais bientôt pouvoir passer mon diplôme de docteur ès chiards... En plus, c'est tellement plus agréable quand on n'est pas dans le coup.

– Nina ? Pourquoi tu te lèves ?
– Oh... Je vais lui donner son biberon...
– Mais pourquoi ? Pourquoi tu marches dans sa combine ?
– Hé Pierre...
– Quoi ?
– C'est si agréable de se faire chouchouter... Quand je t'apporte ton café au lit ou quand je te gratte le ventre à trois heures du matin parce que tu n'arrives pas à dormir, je ne te chouchoute pas ?
– Nan mais si... mais c'est pas pareil.
– C'est exactement pareil. Les gens qu'on aime, il faut les chouchouter à mort... Vous n'êtes pas d'accord avec moi, Yann ?
– Euh... si, si... Je suis d'accord.

Elle est revenue quelques minutes plus tard et encore un peu plus résignée...
– Yann ?
– Oui.
– Il voudrait que vous alliez lui faire un bisou.
– Ah ? Ah... très bien...
– Hé, Yann.
– Quoi ?
– Juste un bisou, hein... Pas le crapaud qui pète ou je ne sais quoi...
– Pas de problème.

J'ai eu un choc en entrant dans sa chambre. Dans la pénombre de sa veilleuse, on voyait un immense dessin sur le mur.
– Qu'est-ce que c'est que ça ?
– Quoi ? a répondu Dimitri en se relevant d'un bond comme s'il n'attendait que ça.
– Ce dessin sur le mur...
– C'est Maman qui l'a fait ! C'est l'arsse de Noé mais que pour moi...

J'en étais sur le cul. C'était vraiment impressionnant. J'ai dit au petit :
– Je peux allumer la lumière ?
– Oui mais attends que ze me casse les yeux passe que ça pique les yeux la grande lumière.
– O. K. j'attends.
– Maman va te gronder si tu allumes.
– Tu ne lui diras pas, d'accord ?
– D'accord, il a murmuré avec une voix de conspirateur... C'est un secret.
– Ouais, c'est un secret. Alors chut, hein...
Et il m'a regardé en écrasant bien son index devant sa bouche.

En face de son lit, une fresque immense.
Un grand navire prêt à appareiller, avec des hublots, des cordages, des voiles, une passerelle et tous ces milliards de détails qui font un vrai bateau : les nœuds dans le bois, les caisses de vivres, la chaîne d'ancre, les rivets et tout le reste... Sur la gauche, en route vers le navire, tout un tas d'animaux super bien dessinés. Des chevaux, des éléphants, des girafes, des fourmis, des escargots, de drôles de monstres inconnus au bataillon et même des personnages que je connaissais.

Il y avait Pierre et Nina, évidemment, mais aussi la gardienne de l'immeuble et son mari ! Et leur teckel ! Je montrai une jeune femme à Dimitri :
– C'est qui, elle ?
– C'est Carole, ma maîtresse.
– Et elle ?
– C'est Mamie de Poitiers.
– Et lui ?
– C'est Nicolas.
– C'est qui Nicolas ?
– C'est mon tonton !
– Et ça, c'est qui ?
– C'est Peter Pan !
– Et cette drôle de bestiole-là ?
– C'est mon gros Doudou, jubila-t-il en me montrant le nounours vert qu'il gardait caché sous son oreiller.
– C'est génial, comme truc... C'est ta maman qui a tout dessiné ?
– C'est zénial, il a répété.
Et puis Pierre est arrivé.
– Ben alors... Qu'est-ce qu'y se passe ici ?
– Excuse-moi, je mets un peu le boxon mais je suis tellement bluffé par ce truc-là...
– Quoi ? Le dessin de Nina ?
– Oui.
– C'est génial, hein ?
– Tu m'étonnes ! C'est carrément grandiose.
– Oui... Je crois qu'elle s'est bien amusée...
– Amusée !? Mais c'est une œuvre d'art !
– Tu trouves ?
– Ouais.
– Ben dis-le lui, ça lui fera plaisir...
– Qu'est-ce qu'elle fait dans la vie ?
– Tu veux dire comme boulot ?

– Oui.
– Elle est graphiste. Elle dessine des trucs pour des jeux informatiques ou pour des documentaires, tu sais les cédéroms et tout ça...
– Je vois...
– Mais je crois que ça ne la branche pas tellement.
– Elle voudrait peindre ?
– Oui, des trompe-l'œil comme celui-ci, tu vois, chez des particuliers, mais...
Il me montre son pouce et son index qu'il frotte l'un contre l'autre.
– Ça ne nourrit pas son homme, ça...
– C'est dommage...
– Oh, mais elle le fera un jour ! Nina arrive toujours à ses fins.
– J'espère.
– Allez, j'éteins maintenant, et Dimitri, je ne veux plus t'entendre. Tiens, voilà ton biberon, ton oreiller rose, ton gros Doudou et deux bisous : un de papa et un de Yann. Et dodo.

Nina était allée me réchauffer mon assiette. Quand elle est revenue, je n'ai pas pu m'empêcher de lui dire combien j'étais admiratif et comme je trouvais ça dommage qu'elle ne peigne pas plus.
– Ça viendra... me répondit-elle confiante, ça viendra... Tu sais, là, j'ai un petit garçon et on a l'intention de faire un autre bébé... Alors voilà, pour une maman, les horaires stables, les vacances, la mutuelle, le salaire qui tombe à heure fixe, tout ça... ce n'est pas négligeable.
Pierre remplissait à nouveau nos verres et elle, elle me tutoyait.
– Quand j'étais célibataire comme toi, je faisais beaucoup de choses, j'ai restauré des fresques dans beaucoup

de pays et Pierre m'accompagnait partout. On ne mangeait pas souvent au restaurant mais on a vu tellement de choses...

Ils se regardaient.

– Et puis j'ai gribouillé des portraits pour les touristes à Montmartre, j'ai travaillé avec Adami sur un projet pour une école de peinture en Suisse, ça n'a pas abouti mais j'ai vu Adami au travail et ça, c'est une expérience inoubliable. J'ai aussi bricolé des trucs dans la pub, des affiches, des cartons d'invitation... Oh, j'en ai bien profité ! Mais maintenant, c'est autre chose... Maintenant, je laisse la place aux enfants. C'est ce que j'ai voulu et même si mon boulot m'ennuie un peu parfois, je sais que c'est juste une étape dans ma vie. Quand les enfants seront plus grands, quand ils auront moins besoin d'être chouchoutés à mort, alors je tournerai la page et j'essaierai autre chose... différemment...

J'étais très ému d'entendre tout ça. Comme si en une soirée, je comprenais plus de choses qu'en trente ans de vie.

C'était comme si on m'ouvrait une porte. C'est cliché de dire ça mais c'était vraiment ce qui m'arrivait.

Tout ne devait pas être si idyllique tous les jours et ils avaient aussi leurs moments de doute et de découragement mais au moins, là, ce soir, ils étaient à leur place dans ce monde.

En me faisant partager leur intimité, c'était comme s'ils se poussaient un peu pour me laisser une place autour du feu.

J'étais hyper ému d'entendre tout ça.

Elle ne s'est pas arrêtée là et son Pierre, lui qui donnait l'impression d'être une si grande gueule, l'écoutait avec

autant d'attention que moi. Parmi tous les couples que je connais, il y en a toujours un pour écraser l'autre. Avec plus ou moins d'élégance, c'est vrai, mais pour l'écraser quand même. Mais là, non.
Elle a repris :
– Tu sais, Yann, moi aussi, j'observe les gens. Et toi aussi, je t'ai regardé. Je ne travaille pas à la Fnac mais bon, les gens, leur démarche, leur visage, leurs mimiques, c'est aussi mon gagne-pain... Et si je te raconte tout ça ce n'est pas par hasard... Crois-moi, dans une existence, il y a deux vies : une vie avant les enfants et une vie après. Fais-moi confiance. Tout ce que tu n'essayes pas maintenant, je ne dis pas que tu ne pourras plus le faire mais après ce sera beaucoup plus difficile... Attention, je ne dis pas que la famille c'est le boulet, l'esclavage et tout, non, d'ailleurs... Regarde Pierre... Il n'a pas l'air malheureux... Si ?

On s'est tournés vers Pierre qui sirotait sa fine au fond de son fauteuil en tapotant un cigare encore intact sur le cuir de l'accoudoir. Il nous a rendu nos sourires et s'est mis à humecter lentement son barreau de chaise.

– Continuez, a-t-il lâché, ne vous occupez pas de moi...

– Si ? a redemandé Nina.

– Non, j'ai répondu, il n'a pas l'air trop malheureux.

– De toute façon, j'ai fini. Je t'ai dit le plus important. Tu glisses dans la conversation que tu t'intéresses à la photo, entre nous je ne pense pas que le mot « intéresses » soit le bon mais peu importe... Vas-y, fais de la photo pendant qu'il en est encore temps et que tu n'as pas une grappe de mioches accrochés à ton pull en te réclamant du temps pour les aimer et de l'argent pour les nourrir. Va courir le monde ou arpenter les boulevards parigots si c'est là que tu trouves ton inspiration, mais

fais-le. Fais-le pour toi et pour personne d'autre parce que tu veux que je te dise ? Les autres s'en foutent.
— Mais non, on ch'en fout pas, répondit Pierre, la bouche encombrée par ses volutes.
— Je ne parlais pas de toi mon amour.
— Ah... ch'ai eu peur.

Je commençais à être un peu sonné, quand même. Je lui ai demandé :
— Pourquoi vous me dites tout ça ?
— Tout ça quoi ?
— Ben pour les photos et les mômes et tout...
— Je t'ai dit que je savais regarder les gens moi aussi...
Sa voix était taquine.
— Et puis j'ai une bonne ouïe...
— !!??!!
Je devais faire une drôle de tête.
— Si tu savais comme tu traînes les pieds quand tu pars au boulot le matin et comme tu les traînes encore plus quand tu rentres le soir...
Je n'avais pas grand-chose à répondre, Pierre a dit :
— Bon, laisse-le tranquille maintenant, tiens mon ami, approche, fine Napoléon 1971, tu m'en diras des nouvelles... Tu fumes le cigare ?
— Non, non, merci, par contre, si vous le permettez, j'allumerais bien une de mes cigarettes...
— Vas-y mon vieux, te gêne pas, quand le petit roi est couché, on peut tout faire dans cette pièce, y compris chiquer, roter et cracher sur les coussins !

Je me suis penché en arrière, j'ai sorti mon paquet de la poche intérieure de ma veste et j'ai allumé une cigarette.
Ce fut une bonne cigarette.
Ceux qui savent comprendront.
On ne parlait plus beaucoup et surtout plus lentement.

Pierre savourait son cigare, je savourais mon cognac et Nina semblait savourer la lumière des lampes. Elle avait ôté ses chaussures et replié ses jambes sous elle. Elle buvait une tisane. Elle nous regardait l'un et l'autre en souriant ou en bâillant. Son chignon ne tenait presque plus et quand Pierre la prenait à partie dans la conversation, elle secouait la tête pour lui faire signe que non, ce n'était pas la peine, qu'elle n'y était plus. Et quand elle bougeait comme ça, son chignon glissait encore.

Pierre me posait des questions sur le pourquoi et le comment des appareils numériques. Bien qu'il fût complètement nul en informatique (j'ai appris par la suite qu'il était ingénieur agronome et qu'il travaillait presque exclusivement à la sauvegarde des orangers de Louis XIV !), il n'était pas réfractaire à tout ce jargon et me posait, au contraire, des questions si pertinentes que j'en perdais moi-même mon latin. Il est vrai que le cognac n'arrangeait rien non plus.

À un moment, Nina s'est levée pour ramener sa tasse dans la cuisine et quand elle est revenue, elle avait un Polaroid dans la main :

– Tu permets, le photographe ?

– Pardon ?

– C'est la coutume, ici. Tous les gens qui passent sont pris en photo... C'est mon livre d'or, si tu préfères.

– Ah, très bien... ai-je acquiescé en essayant de me relever pour avoir l'air plus digne.

Pierre a dit :

– Ça y est, dans la boîte ! Attention mon ami, y en a qui se retrouvent sur la fresque pour moins que ça...

Ensuite Nina m'a embrassé et elle est allée se coucher.

J'ai dit à Pierre que j'y allais aussi mais il n'a pas été d'accord :

– Attends que j'aie fini mon petit jésus, bon Dieu ! Tu ne vas pas me laisser là comme ça... Quand je suis seul, j'ai le cigare triste. Et la fin du disque, quand même !

– Bon, bon... j'ai dit, bien content.

Et quand, enfin, je me suis extrait de leur canapé pour rejoindre l'appartement d'à côté, ce n'était plus au dos que j'avais mal, c'était partout ailleurs : d'être resté plié si longtemps dans la même position, j'étais devenu comme un bonhomme de fer complètement rouillé et j'ai traversé leur salon en grinçant des dents.

– Salut, j'ai dit à Pierre en lui tendant la main sur le pas de la porte.
– Salut.
– Hé ?
– Quoi ?
– T'entends ?
– Quoi...
– Le roquetos de la mémère qui gueule encore...
– Oh putain !... C'est pas vrai...

IV

Il était plus de quatre heures du matin quand j'ai franchi le seuil de chez moi. En toute logique, j'aurais dû aller me coucher. J'aurais vraiment dû.

Mais au lieu de ça, je me suis assis sur une chaise de la salle à manger et j'ai posé mes mains sur la table. J'étais incapable de bouger et je suis resté là. Immobile. À penser.

Je ne sais pas à quoi j'ai pensé. À rien. À tout. À ma vie. À mon âge. À Pascale. À Laurence. À mes parents. À Pierre et Nina. Aux choses qui m'entouraient.

À un moment, je me suis mis à renifler la pièce mais ça ne sentait rien. C'était frappant, presque angoissant, même.

Chez Pierre et Nina, ça sentait plein de choses : l'encens, les épices, le parfum, le bébé, le vieux tapis, le cigare, le pain grillé, le bois, le tilleul, mais ici, rien.

Pour en avoir le cœur net, je me suis levé et j'ai arpenté la pièce à la recherche d'une odeur au moins. J'ai ouvert la porte de la cuisine, rien, la salle de bains, rien, la penderie, rien, un peu la naphtaline peut-être, les chiottes, rien, les tiroirs du bureau, pareil.

J'ai soulevé la couette, j'ai attrapé l'oreiller de Pascale, aucune odeur, ni sur le drap. Pas la moindre trace de quelque chose. Ni l'odeur des cheveux, ni celle de la peau ou de n'importe quoi qui prouverait que des corps se sont allongés là et se sont aimés ou, du moins, frottés.

Je me suis rassis sur ma chaise et pendant un long moment encore, je suis resté prostré.
J'étais comme engourdi mais en apparence seulement parce que mon cerveau usinait comme un malade. À tel point que je me saoulais et m'embrouillais moi-même. Pour me calmer, j'ai décidé de faire quelque chose. N'importe quoi mais quelque chose.

Je me suis levé et je suis allé dans la cuisine. J'ai lavé toute la vaisselle en retard en me concentrant bien sur les dents des fourchettes. Pascale me fait toujours des réflexions parce que je laisse souvent des bouts de trucs entre les dents des fourchettes. Pareil pour le fond des tasses a café, j'ai bien vérifié qu'il ne restait plus de sucre collé au fond.
Ensuite j'ai lavé le sol en tordant la serpillière dans tous les sens. J'ai briqué le Frigidaire, une étagère après l'autre, bien consciencieusement. J'ai jeté les légumes racornis et les yaourts périmés.
Je me suis fait du café. J'ai gratté la grille du four et j'ai remis des torchons propres.
Ma tasse brûlante à la main, j'ai refermé la porte de la cuisine derrière moi et je suis allé me poser sur le bord du lit. J'ai fini mon café et j'ai décidé de faire un truc que je repoussais depuis des années et des années : j'ai décidé d'entretenir mon blouson de cuir ! Inimaginable exploit ! Pourtant, je me souviens, le vendeur avait été formel : cuir entretenu, blouson immortel.
J'ai étalé un vieux journal sur la table et j'ai été en expédition au fond des placards à la recherche du fameux savon glycériné. Il n'était jamais sorti de son

emballage depuis huit ans ! Ma mère m'avait offert ce blouson pour mon voyage en Amérique du Sud, sur le moment j'avais été un peu déçu, j'aurais préféré une rallonge de fric, mais après quelques nuits à la belle étoile au pied de la cordillère des Andes, je l'avais bénie en secret.

Après le blouson, je me suis longuement lavé les mains et j'ai attaqué mes appareils de photo.

Le jour commençait à pointer, j'ai soulevé les stores pour voir un de ces improbables levers de soleil à Paris mais peine perdue, l'immeuble d'en face bouchait la vue.

J'ai démonté les objectifs et les boîtiers et je les ai nettoyés avec une patience infinie. Ça m'apaisait de les tripoter. Je sentais que la pression diminuait un peu.

Je les ai bien rangés dans leurs écrins-cercueils mais au lieu de les remettre sous mon lit, je les ai laissés au milieu de la table.

Je n'avais pas cessé une seconde de cogiter et de réfléchir. À rien. À tout. À ma vie. À mon âge. À Pascale. À Laurence. À rien. À tout. À ma vie. À mon âge. À Pascale. À Laurence.

En boucle.

J'ai essayé d'écrire une lettre à Pascale mais je n'y suis pas arrivé.

Je n'arrivais même pas à trouver le premier mot.

Je ne savais pas si je devais mettre « Pascale » ou « Chère Pascale » ou un truc plus tendre ou rien du tout.

On ne pourra pas dire que j'ai chiffonné beaucoup de feuilles ou que j'étais entouré de papiers griffonnés comme on voit dans les films. Je n'ai pas écrit un seul mot, je n'ai même pas usé une seule feuille.

Rien ne venait. Rien n'est venu.

Et puis j'ai eu une idée. Il était sept heures et demie, j'ai posé ma chaise dans l'entrée et j'ai guetté le départ de Pierre. Je savais qu'il démarrait tous les jours vers huit heures moins le quart.

Mais aujourd'hui il était en retard. Après la soirée de la veille ce n'était pas très étonnant. Et c'est à huit heures bien tassées que je l'ai intercepté dans l'escalier. Il enfilait son manteau en courant et en bougonnant.

– Pierre !...
– Ah salut, ça va ? Putain, j'ai une de ces gueules de bois...
– Ça va, ça va... Dis-moi, tu pourrais me prêter le magnéto de ton fils ?
– Le petit machin ?
– Ouais...
– Maintenant ? T'es sûr ?
– Ouais, désolé mais c'est important.
– Bon... Attends, mais c'est bien parce que c'est toi, parce que si je le réveille, je vais me faire tuer...

– Tiens.
– Merci. Sympa. Je lui ramènerai tout à l'heure.
– Pas de problème... Bon, allez, j'y vais, là, parce que je suis vraiment à la bourre !.... Ooooohhh, ma tête...

VI

J'ai refermé la porte derrière moi tout doucement comme si j'avais eu peur de réveiller quelqu'un et j'ai empoigné ma chaise par le dossier.

J'ai réfléchi encore un peu.

Ensuite j'ai pris une cassette vierge et je l'ai enfournée dans le magnéto rouge et jaune de Dimitri. J'ai décroché le petit micro, j'ai toussé un peu pour cracher mes poumons et j'ai appuyé sur le bouton bleu qui indiquait qu'on pouvait parler et enregistrer en même temps.

Heureusement, j'étais assis dans un endroit où j'étais sûr de ne pas croiser mon reflet. Ni devant une glace, ni en face d'une vitre ou d'un cadre. Je savais que si j'avais pu me voir, plié en deux devant un jouet et le mini-micro à la bouche, ou j'aurais ricané, ou j'aurais pleuré, ou les deux à la fois, mais en tout cas, je n'aurais pas pu continuer.

J'ai commencé :

« *Pascale,*
Tu dois être sûrement étonnée que je te laisse un message comme ça, sur une cassette, mais c'est la seule chose que j'aie

réussi à faire... J'ai essayé de t'écrire une lettre, mais je n'y suis pas arrivé... Dans un sens, c'est aussi bien, j'ai jamais été foutu de te pondre une lettre d'amour correcte, ça aurait été le comble que j'arrive à te tartiner un truc convenable le jour de mon départ...

Parce que c'est vrai. Je m'en vais. Tu verras, j'ai pris toutes mes affaires. J'ai pris mes fringues, mes affaires de toilette, mes B. D., *quelques bouquins, des disques et tout mon matos de photo. J'ai pris aussi mon oreiller et le sac de couchage marron. Et le réveil.*

S'il y a des trucs que j'ai oubliés et qui t'encombrent dans l'avenir, tu n'auras qu'à me le dire et je passerai les prendre... Pour le courrier, laisse tout chez Mme Garcette, je me débrouillerai avec elle... À ce propos, je n'oublie pas que c'est à moi de payer les charges cette fois-ci.

Bon... Euh... Quand je te dis que je m'en vais, ça veut dire en effet que je ne reviendrai plus. Je n'ai plus envie de vivre avec toi et je n'ai plus envie d'habiter ici... Évidemment tu dois te demander ce que c'est que cette merde de message et pourquoi je me casse et tout ça.

Et pourquoi aujourd'hui et pourquoi maintenant et surtout pourquoi je n'ai pas attendu ton retour pour qu'on en parle ensemble. Bon, ça c'est le seul point auquel je peux répondre à peu près clairement : je n'attends pas ton retour et je fais exprès de me carapater maintenant parce que je suis lâche et que, vraiment, la perspective d'une discussion, d'une mise au point ou d'une explication ou de n'importe quoi avec toi, peu importe le mot, ça me fait vraiment trop chier. Je suis vulgaire mais au moins c'est dit.

Tout ce qui ressemble de près ou de loin à une engueulade ou à une discussion me fait infiniment caguer. D'ailleurs c'est pour ça que j'essaye toujours de les éviter au maximum et c'est aussi pour ça j'imagine que je me casse un beau jour comme un beau lâche. Donc, pas de discussion. Et si je ne nous donne pas la possibilité d'en avoir une c'est parce que dans ma tête tout est très clair et irréversible.

Je ne suis pas du genre à prendre beaucoup de décisions ni d'initiatives, je le reconnais, mais au moins, quand j'en prends une, je ne reviens pas dessus, c'est déjà ça.

Pour le reste, c'est-à-dire toi, c'est-à-dire nous, eh bien... le plus simple, le plus honnête, c'est de dire : je ne t'aime plus.

Ne te demande pas depuis quand... c'est vraiment le genre de question qui ne sert à rien. Sache seulement qu'aujourd'hui, mercredi 14 juin 2000, je ne t'aime plus et que je n'ai plus envie de t'aimer. Voilà.

Tu penses que je suis un salaud et une ordure et qu'est-ce que je fais de tous les moments qu'on a passés ensemble ? Et de tous les trucs qu'on a faits ensemble ? Et moi je te réponds que oui, je suis un salaud et une ordure, ou plutôt non, ce n'est pas exactement ce que je crois être mais de toute façon, on s'en fout et moi je m'en fous d'autant plus de ce que tu penses que je...

Après... pour tous les trucs qu'on aurait faits ensemble et tout ça, eh bien justement, je viens d'y penser assez longuement depuis quelques heures, et même je n'ai pensé qu'à ça, pour tout te dire, et ma conclusion, justement, c'est qu'on n'a jamais rien fait ensemble ou alors si peu... et ce qu'on a fait, en y réfléchissant bien, c'est surtout toi qui l'a décidé et moi qui ai suivi.

Je crois qu'en quatre ans de vie commune, tu ne m'as jamais demandé une seule fois de quoi j'avais envie... C'est con, hein ?

Tu me diras que j'avais qu'à me manifester plus bruyamment et dire ce que j'avais sur le cœur en tapant du poing sur la table mais je te répondrai que c'est pas exactement dans mon caractère et qu'en plus, tu détestes, je dirais même mieux, tu ne supportes pas les gens qui se manifestent bruyamment contre ton gré ou contre tes idées.

Après, le problème de savoir pourquoi je ne t'aime plus, je serais bien incapable de t'exposer correctement les faits avec un plan en trois parties, une introduction et une conclusion. D'ailleurs je pense que ça ne servirait à rien sauf à te faire du mal et de ce point de vue-là, je pense que j'en ai déjà étalé quelques couches. Ce n'est pas la peine d'en rajouter, comme dirait l'autre, et de toute façon, ça ne ferait pas avancer le schmilblick, mais tu vois, je vais te donner deux exemples quand même parce que je pense que tu te sentiras mieux après et tu te diras : vraiment, mais comment j'ai pu rester si longtemps avec un con pareil ?...

Pascale, je ne t'aime plus et je te quitte aujourd'hui parce qu'à chaque fois qu'on va au restau ensemble, tu dis que tu ne veux pas de dessert à cause de tes putains de régimes alors que tu en meurs d'envie, et à chaque fois que mon dessert arrive, tu te précipites dessus et tu m'en bouffes la moitié sans me demander mon avis. En plus tu prends toujours le nez du gâteau, le petit bout en pointe alors que c'est ce que je préfère... surtout le nez du flan que tu t'enfiles à chaque fois, et ça, c'est vraiment nul. Depuis le temps que je te dis de te prendre un dessert pour toi toute seule et de ne pas bouffer celui du voisin, au moins j'espère qu'aujourd'hui tu auras compris la leçon parce que tu vois, cette histoire, c'est plus profond que ça en a l'air.

C'est pas seulement une histoire de gâteau... À la limite, je m'en fous, de mon gâteau... Mais ça prouve bien à quel point tu méprises l'autre... t'en as vraiment rien à foutre. Tu passes par-dessus et hop, liquidé.

Tu dois penser que je délire complètement mais ça m'est égal, moi je me comprends.

L'autre truc, c'est le cinéma. Tu sais que j'adore le cinéma. Bon déjà, c'est toujours toi qui choisis ce qu'on va voir... Ça aussi, ça manque de générosité mais bon, passons... Les films que j'ai vraiment envie de voir, j'y vais quand tu n'es pas là... Ce qui est con aussi, parce que quand on est bien avec quelqu'un, on aime bien lui faire partager ce qu'on aime et on essaye de savoir ce qu'il aime aussi. Enfin... normalement.
Bon, mais là n'est pas le problème. Quand on va au cinéma, la seule chose que je te demande, la seule, c'est de ne pas me brusquer après le film, peu importe que ce soit un chef-d'œuvre ou un navet, peu importe. Tout ce que je te demandais c'était de ne pas me brusquer et de me laisser savourer. Mon plaisir, c'est de rester assis encore quelques minutes pendant que le générique défile... Est-ce que c'était vraiment trop te demander ? Est-ce que, vraiment, tu ne pouvais pas m'accorder ces quelques minutes de plaisir ? Si. Visiblement, c'était trop te demander parce que tu ne l'as jamais fait.
Il n'y a pas eu un seul film sans que tu ne te lèves sitôt le dernier plan ou que tu ne m'emmerdes avec ton manteau ou ton foulard ou que tu ne te mettes à jacasser à cause de la place de parking ou du restaurant ou je ne sais quoi, sans parler de tes commentaires tout de suite après.
Est-ce que tu n'as jamais réalisé à quel point tu me gavais avec tes critiques tranchantes et tes affirmations catégoriques sur tel ou tel acteur ou sur l'authenticité de je ne sais pas quoi alors que moi, j'étais complètement groggy et que je m'accrochais comme un malade pour rester encore un petit peu dans l'histoire ?

Même les navets me font cet effet-là. Qu'est-ce que tu veux ? Je suis comme ça. Même si tu penses que c'est l'attitude puérile de celui qui refuse la réalité et tout le bazar... Oui, je te l'accorde, oui, c'est une attitude puérile et oui, je refuse la réalité, mais bon Dieu, Pascale, c'était l'affaire de quelques minutes seulement ! Quelques minutes de silence et je t'en aurais été éternellement reconnaissant, mais toi, non. Pas question de me laisser ce plaisir égoïste.

Où est-ce que t'as garé la voiture ? Tu trouves pas qu'il était nul ? Elle est grosse, non ? Je n'ai vraiment pas compris la scène dans le café. Je l'ai trouvée vraiment déplacée... et patati et patata... Et moi qui avais tellement envie de te dire "Tais-toi, Pascale. Tais-toi je t'en prie..." et qui ne te l'ai jamais dit parce que je n'allais pas en rajouter, déjà que je me tapais ton regard noir en allumant une clope, alors...

Et pourtant, Pascale, si tu fumais... tu saurais à quel point elle est bonne, la clope d'après le cinéma, presque aussi bonne que la clope d'après l'amour... Mais celle-là, de toute façon, je n'aurais pas osé la tenter... Fumer dans la chambre conjugale, sacrilège !...

Tu vois... Tu es en train de te demander comment tu as tenu si longtemps avec un taré de mon espèce... Tu vois bien que j'avais raison et que déjà tu te décrispes... Tu ne te dis plus "Mais qu'est-ce qu'il est en train de baragouiner, ce con ?" Non, arrivée à ce niveau-là de la cassette, tu te dis juste "Ce con"...

Je le sais, Pascale.

Je sais tout ça par cœur.

Peut-être même que tu es en train de te demander si tu m'aimes encore, finalement, et si ce message te fait si mal que ça, après tout. Mis à part la blessure de l'amour-propre, évidemment... Oui ? Non ?

Je vais t'aider à y voir clair, ma grande, et puis après je vais te laisser tranquille, la bande est presque finie.

Tu ne m'as jamais aimé. Je le sais depuis longtemps mais je n'avais pas trop envie de le voir alors j'ai choisi la politique de l'autruche, c'est humain, non ? Mais là, maintenant, je te répète ce que tu sais déjà très bien : tu ne m'as jamais aimé. »

Eh ben...
Quel magnifique morceau de bravoure.
Quel magnifique morceau d'ignoble bravoure.

J'aurais presque envie de me siffler pour me témoigner toute mon admiration. Non pas que je sois très fier de moi, au contraire, mais c'est la première fois de ma vie que je parle aussi longtemps sans m'arrêter.
Même à ma mère, même à ma sœur, même à mon hamster que j'avais quand j'étais petit et que j'adorais.

Une grande première.
Venez voir, les gars, y a Yann qui cause.
Il est bourré ?
Nan, même pas...
Eh ben... Tu parles d'une tirade. On aurait dit Cyrano de Bergerac.

J'ai tout rembobiné et j'ai vérifié que ça avait marché :

« Pascale,
Tu dois être sûrement étonnée que je te laisse un message comme... »

Ça va, ça va. Je n'avais pas le courage d'entendre un mot de plus.

C'était quand même assez merdo-pathétique, tout ça.

J'ai sorti la cassette et je l'ai posée dans l'entrée au-dessus de son courrier (c'est le premier truc qu'elle fait en rentrant de voyage : son courrier).

VII

Il était plus de dix heures. J'ai rassemblé mes affaires en vitesse. Je devais pointer après la pause déjeuner et prendre la place de Corinne. Corinne est une fille sympa mais elle me tire la gueule pendant quinze jours si j'ai plus d'une minute de retard.

Ensuite j'ai pris une douche froide parce que je commençais à flancher. Ça m'a remis d'aplomb.

Quand j'ai voulu me raser, j'ai allumé la radio et je suis tombé sur France Info... Ah non, merde, j'ai pensé, pas France Info ! Et j'ai cherché une autre fréquence en souriant... Le bonheur, je n'allais plus me cogner France Info tous les matins !

J'ai mis un truc avec de la variété, des chansons bien connes c'est sûr mais pas de guerres, pas de cours de la Bourse, pas de scandales politiques et plus de morts... Le pied.
À un moment j'ai monté le son : c'était Bruce Springsteen qui chantait *Hungry Heart*.
Cette chanson, elle est irrésistible. Dès les premières notes, c'est impossible de ne pas se mettre à gigoter comme un fou, alors c'est ce que j'ai fait.

À poil, dans mon ex-petite salle de bains.

Tin tin tin tin... Tin tin tin tin... « *Got a wife and kids in Baltimore, Jack...* » Au moment du refrain, j'ai mis encore plus fort :

> « *Everybody's got a hungry heart*
> *Everybody's got a hungry heart*
> *Lay down your money and you play your part*
> *Everybody's got a hungry heart.* »

Ces paroles, elles étaient rien que pour moi. C'était un signe du destin.

Cœur affamé. Cœur qui a la dalle. Qui a les crocs. Qui pourrait bouffer l'Arc de triomphe.

J'étais heureux comme jamais.

Après, j'ai baissé le son parce qu'en me déhanchant, je m'étais fait mal au genou.
Et ça m'a rendu encore plus heureux, ce petit bobo, ça prouvait bien que je n'étais plus tout jeune.
Non, je n'étais plus tout jeune et pourtant je n'étais pas encore trop vieux puisque je m'en allais. Je me suis frotté la jambe en souriant, oh putain ! je l'avais échappé belle.

VIII

– Laurence ?
– Oui.
– C'est moi...
– Yann ?
– Ouais.
– Écoute... Euh... Je suis désolée pour hier... Écoute, je retire tout ce que j'ai dit, c'était con, et si ça peut te consoler, je n'ai pas fermé l'œil de la nuit à cause de ça.
– Laurence ?
– Quoi ?
– Tu peux te taire deux minutes, là ? C'est moi qui parle, d'accord ?
– Qu'est-ce qui se passe ?
– Est-ce que tu peux me promettre que tu vas te taire et que tu ne feras pas de commentaire ?
– Ben oui, vas-y.
– Ton chat...
– Oh, laisse tomber. Je me suis arrangée avec ma voisine du dessus...
– Ton chat...
– Quoi, mon chat ?
– Je vais te le garder quand même.
– Laisse tomber, je te dis.
– Je vais te le garder, mais chez toi.

– ...
– Tu pars combien de temps ?
– Dix jours.
– Parfait.
– Hé, mais qu'est-ce...
– Pas de commentaires, j'ai dit.
– D'accord, d'accord.
– Tu pars quand ?
– Cet après-midi.
– Comment je récupère tes clefs ?
– Ben justement... elles sont chez ma voisine du dessus, celle qui devait venir nourrir Pistache.
– Très bien.
– Bon ben... C'est tout ?
– Hé, Laurence ?
– Ouais.
– Elle est mignonne ?
– Qui ?
– Ta voisine...
– Oui. Très.
– C'est vrai ?
– Oui, c'est vrai.
– ...
– Yann, je voudrais te dire un truc...
– Nan. Pas de commentaires. S'il te plaît. Je t'en supplie.
– Mais c'est à propos de Pistache...
– Ah !
– Tu sais, il adore qu'on le caresse derrière les oreilles, surtout le soir...
– T'inquiète. Pour toi, je le chouchouterai à mort.
– Bon, alors dans ce cas-là, ça va.

En partant j'ai déposé le magnétophone de Dimitri chez la gardienne.

IX

Je les ai revus à la Fnac la semaine dernière.
Pierre tenait Dimitri par la main et Nina tenait son gros ventre.
– On est venus t'acheter un Caméscope, l'ami... Une petite fille... Alors je vais essayer de m'y mettre... Tu parles, une petite Nina, ça devrait être quelque chose ! Bon, alors, je vais m'adapter. La caméra, le zoom, le mode d'emploi en japonais, les premiers pas, les gazouillis et tout le bazar. Enfin tu vois le topo, quoi...

Ça me faisait vraiment plaisir de les voir.
Entre-temps, on s'était écrit. Je leur avais envoyé des photos de mon périple en Islande et Nina m'avait répondu : un croquis de Dimitri en train de sucer son pouce.
J'avais eu Pierre une ou deux fois au téléphone mais ça n'avait pas été plus loin parce que je n'avais pas osé les inviter dans mon studio pouilleux et eux n'avaient pas osé m'inviter non plus. À cause de Pascale, j'imagine. Ils savaient bien que la cage d'escalier était comme un terrain miné pour moi.
Mais cette fois-là, Nina m'a dit :
– On t'attend à dîner vendredi. Tu verras, on a une surprise pour toi...
– Oui, mais c'est une surprise, a répété Dimitri.

– La voie est libre !... a ajouté Pierre en me lançant un clin d'œil.

Et le vendredi suivant, c'est le petit Didi qui m'a pris par la main.
Il m'a emmené dans sa chambre et il a dit :
– Regarde !

Et je me suis vu. J'étais en route pour l'arche.
Nina m'avait peint en train de prendre le vieux Noé en photo.
Et sur mon épaule droite, on pouvait voir un petit crapaud rigolard.
J'en avais les larmes aux yeux.

J'étais en route.
J'allais éviter le déluge.

Le Dilettante a découvert Anna Gavalda,
Éric Holder, Vincent Ravalec, etc.
Découvrez Le Dilettante.
Envoi de notre catalogue général sur
simple demande à :

Le Dilettante
9-11, rue du Champ-de-l'Alouette
75013 Paris.

Cet ouvrage a été
achevé d'imprimer par
l'imprimerie Floch, à
Mayenne (Mayenne), en
juin 2000.
(48996)

*Édition exclusivement réservée
aux adhérents du Club
Le Grand Livre du Mois
15, rue des Sablons
75116 Paris.*

Imprimé en France